Kosketus

Harry Kiianen

Kansitaide: Petteri Kuusisto

© 2023 Harry Kiianen

Kustantaja: BoD – Books on Demand, Helsinki, Suomi

Valmistaja: BoD – Books on Demand, Norderstedt, Saksa

ISBN: 978-952-33-0186-3

Sisällys

Kosketus

joskus hän katseli häitä

kun ruusut ja rakkauden vaaleanpunaiset

saippuapallot lentelivät keväisessä tuulessa

hän katsoi hääiloa vanhan hautausmaan puolelta

vanhan sokean koiransa kanssa

sitten hän vaelsi pieneen yksiöönsä

eikä kukaan koskettanut häntä

lapsena hän makasi hangella

hän katsoi niin ylös taivaalle kuin vain pystyi

hän saattoi nähdä lumihiutaleen kilometrien korkeudesta

kuinka se leijaili alas

jokin tunne siitä

että hän on ihminen

ja että jossakin on rakkautta

se sai hänet hymyilemään

mutta kukaan ei koskettanut häntä

hänen kotonaan ei halattu

häntä ei otettu syliin

hän ei nähnyt koskaan äitinsä ja isänsä suutelevan

eikä kukaan koskaan koskettanut häntä

nuorena miehenä hän vaelsi valojen varjoissa

baareissa

hän istui looseissa

joskus hän juopui ja alkoi laulaa

hän kuuli kuinka illan viimeinen hidas soi

ja hän vaelsi kotiinsa seiniä tunnustellen

eikä kukaan koskettanut häntä

hän tuli vanhaksi

lopulta hän sai potkut työstä

tehdas suljettiin

hän seisoi hetken kadulla etukenossa

siinä tuulessa kukaan ei koskettanut häntä

kotona hänen vanha koiransa kaatui maahan

koko yön hän luuli sen olevan kuollut

mutta se katsoi häntä vielä aamulla

kun he makasivat vierekkäin räsymatolla

sen kaihiset silmät olivat muuttuneet sinisiksi

se henkäisi kerran

sitten se kuoli

silloin häntä sattui

mutta kukaan ei koskettanut häntä

eräänä päivänä hänen sydämensä loppui

silti hänet vietiin sairaalaan

ainoa mahdollisuus oli sydämensiirto

ja mahdollisuus avautui

nuoren naislääkärin nimi oli Elise Fromm

maatessaan leikkauspöydällä hän tunsi Elisen sormet

pitkä ja kapeat

ne risteilivät hänen rinnallaan hellästi

vaikka hänet oli nukutettu

hän tunsi sormien kosketuksen

ja hän katsoi niin ylös taivaalle kuin pystyi

miljoonat

miljoonat

miljoonat hiutaleet taivaasta

ja hän hymyili

lopulta kynä piirsi hänen rintaansa viivan

ja hänen sydäntään kosketettiin

häntä kosketettiin

Suutele

muistan lapsena

eräs suurimpia haasteita elämääni liittyen

oli eräs outous

vietin aikoja miettien

vetäisinkö aseen tarpeeksi nopeasti

voittaisinko kaksintaistelut

käsitin tulevaisuuteni pelastajana

hahmona jolla olisi hopeiset Coltit

panosvyö lanteilla

ja musta hevonen

joka olisi samalla kumppani

avustajani

salaperäinen sekoitus eläintä ja ystävää

silti

kun elämä kulki

en koskaan saanut hopeisia Coltteja lanteilleni

aloin käsittää

paljon tärkeämpi asia on suuteleminen

outo pelottava hetki jota et voi koskaan ennakoida

kun saat toisen ihmisen hermopäätteet

elämän

vain muutamaksi sekunniksi itsellesi

kaikki höpötys ja käytäntö loppuu

ja hetken

vain hetken

koet kaiken ihanuuden

mitä toinen on elämänsä aikana kerännyt

jakaen sen sinulle

jos pidät toisen kunnioittamisesta niin

että hänen maailmansa on tavoittelemisen arvoinen

suudellessa

sinä olet tarkkana

et mene liian röyhkeänä eteenpäin

vaan tunnustelet, kokeilet

kaikkea ihanuutta mitä ihminen voi antaa

kaikki hiljaisuus sinun jälkeesi on arvokasta

kaikki hiljaisuus hänen jälkeensä on arvokasta

luulisin

on aivan sama

oletteko vesitornissa

vai Datsunissa

tai sitten kasvihuoneessa

kun salamoi

raskaiden pisaroiden lyödessä huuruiseen seinään

olet ihminen

sinä

olet

ihminen

Jeesuskin sanoi

sain keikan

S-Marketin automaattiovien välistä

muualla myymälään ei kuulemma olisi asiaa

saisin aloittaa vasta 01.30

hommasin suuren valosetin

savukoneen

5 kw äänentoiston

satsasin tähän keikkaan kaikkeni

koska

Jeesus sanoi

"sen, minkä te teette yhdelle näistä, sen te teette minulle."

joten tämä mielessäni

ajattelin soittaa täysillä

niille kahdelle laitapuolen kulkijalle

jotka nuokkuivat eteisen penkeillä aina yönsä

jos vain sattui ystävällinen vartija

siinä S-marketissa

kultalameinen takkini kimalsi kun aloitin

mutta kitarastani tuli vain venäläistä römeää puhetta

kaikukopasta lensi ulos verisiä lintuja

ne lentelivät aikansa kattorakenteissa

sitten ne tippuivat maahan

ja minun sydämeni pysähtyi

sellaista on kuolema!

Kesäpoika lomalla

herättyäni söin puuroa

istuin hetken sängynlaidalla

katsoin käsiäni

pesin silmäni

kainaloni

hampaani

mieleeni muistui eräs laulu

rappukäytävän viileys

kävelin juna-asemalle

otin mukaani putkikassini

tarvikkeeni

aamuauringossa soi hiljainen blues

mietin

näiltä asemilta on lähdetty

jätetty jäähyväisiä

koettu tuskaa

mutta myös rakastavaiset

ovat kohdanneet taas

junan tultua valitsin paikkani vaunusta 89

junan ikkunasta katsoin herääviä kyliä

Kouvolan aamu

sekin jäi taakseni

otin esiin kirjani

saisin sen loppuun tällä matkalla

kun juna saapuisi Helsingin keskusasemalle

Pave Maijanen "elämän nälkä" olisi luettu

käytävän toisella puolella tyttö puhui puhelimeen

hän puhui äidilleen jostain syystä lähes kuiskaten

kiltin näköinen tyttö

silti valtavat tekoripset

kyse oli opiskelukämpän vuokrasta

en jaksanut lukea

nukahdin

alitajuntaani meni vielä lause jossa tyttö ihmetteli

kuinka se Raimo jaksaa sitä kettua jahdata

metsässä

heräsin kun ihmiset poistuivat junasta

olin Helsingissä

aloin kävellä kohti Katajannokkaa

lokit

aurinko

kauppatori

meri

päätin kävellä Mariankadulle

tulisi hieno päivä

löysin sopivan porttikongin

avasin putkikassini

otin Koskenkorvapullon esiin

yritin juoda sen yhdellä paukulla

mutta oksennusrefleksi esti sen

yökkäillessäni sain kossua vaatteilleni

tunsi kuinka neste repi sisuksiani

silti puristin kaikkeni

vaikka neste tuntui tulevan silmistäni ulos

kohta pullo oli puolessa

kongista tuli nuori nainen työntäen lasten vaunuja

käänsin hänelle selkäni

juuri silloin alkoi sataa kaunista kevätsadetta

join loputkin pullosta

otin esiin toisen pullon Koskenkorvaa

se tuntui menevän helpommin

ensimmäinen neljännes oli helppo

puolessa välissä oksennus täytti suuni

alkoi sataa kovempaa

otin rapatusta seinästä kiinni

kuinka kalpea käteni olikaan

keväinen Helsinki

Hel

sinki

sinkin hell

join loput pullosta

jäin odottamaan

näin kadulla yksinäisen koiran joka nousi takajaloilleen

kaaduin maahan

yritin nousta ylös

pääsin ylös mutta kaaduin nyt naamalleni

sain takaruumiini kohotettua

ja tunsin kuinka kusin housuuni

olin sateisella kevät kadulla perse pystyssä

toinen jalkani oli suora

mutta toista jalkaani en voinut liikuttaa

katukivetys tuoksui nuoruudelle

sateen alkaessa minä vaelsin uimakallioilta

aina kotiini

kuuntelemaan kuunnelmaa

makasin vanhalla sängyllä

ja kuuntelin sadetta

ja rauhallista lukijaa

asfaltti tuoksui kuumalle päivälle

niin kuin nämä kivet

nämä kivet tällä kadulla

nämä kivet joita suutelin

kivet joita maistelin

toinen etuhampaani katkesi sirahtaen

näin lähellä en ole ollut koskaan katukiviä

tunsin yhteyden tähän katuun jota kieleni nuoli

tein joskus tällaisen laulun:

"sinisen leikkimökin ikkunaan joku liimasi kuvan hevosen

sen hevosen hyvin muistan

se oli kullanvärinen

omenanhaku - matkalle meitä lähtemään pyydettiin

ukkonen hiljaa jyrähteli

kun me matkaan lähdettiin

hei hei neiti multanenä

teil on vieläkin liikaa päällä

se oli noita-akka joka vastaan tuli

niitä liikkuu tällasella säällä

aurinko paistoi ja vettä satoi

ja mummoja kuopattiin

aurinko paisto ja vettä satoi

läpi hautausmaan oikaistiin

en se ollut minä joka tulin

silloin keskiyöllä sun luokses

se oli kuollut mies taikka maahinen

nyt mä pelkään öisin sun vuokses

sä nauroit vaikka mä vapisin

ja aurinko kimalsi niin

se kimallus tarttui pölyyn hiekkatien

ja me nauruun purskahdettiin

me käveltiin hiekkatietä kahdestaan

ajatuksiasi arvailin

heinä suussa hattu kallellaan

jotain laulua hyräilin

taivas oli aivan mustana

vettä kuumaa sadelle

ja haassa tien laidalla

näimme kultaisen hevosen"

minun mieleni täyttyy

minun mieleni täyttyy hulluuksista

eräs niistä liittyy siis siihen

kuinka en voinut enää mennä hautausmaalle

luulin ruumiiden haisevan haudoissaan

joten skippasin sen

vaikka olin vasta seitsemän

kun taas seuraava muisto:

katsokaapas tätä

Kesälahdella vuonna -86

ravintola Pivanka

tyttöystäväni hurmasi kaksi roikaletta

koko illan flirttiä perkele perkele

mikä nöherö olinkaan tuolloin

lähdin viemään heitä heidän majapaikkaansa

naiseni oli kännissä ja ohjeisti minua

olin raivona mustasukkaisuudesta

ja tästä typerästä alistamisesta

lähdin ajamaan syksyistä pimeää valtatietä

tietenkin väärään suuntaan

joten aloin kääntää Kuplaa

öisellä pimeällä valtatiellä

kupla sammui

olimme poikittain tiellä

suoran päässä näkyi rekan valot

starttasin

starttasin

jätkät alkoivat panikoitua takapenkillä

huuto kasvoi

huuto kasvoi

huuto kasvoi

valo

Lupaa

älä lähde

vaikka hävisit miljoonia

vaikka hävisit talosi

ja myös muiden talot

vaikka yösi ovat helvettiä

näet unissasi kuvia

joista et voi puhua

kaikki yrityksesi kaatuivat

jouduit häpeään

se häpeä

tulenpunainen

se kestäisi sata vuotta

voit syyttää minua kaikesta

mutta älä lähde

vaikka sait iskuja kasvoihin

vaikka päällesi ajettiin autolla

vaikka sinua ammuttiin

älä lähde

vaikka kaikki maksoikin liikaa

vaikka poltitkin Euroopan

ja tuhannet linnutkin ilkkuivat sinua

kun kävelit kuolleena kotiisi

lumihangessa ilman vaatteita

hei

tule takaisin

tule takaisin

anna koiralle vettä

silitä sitä

se ei näe

se ei kuule

läpi sokeiden silmiensä se silti näkee sinut

kun sinä säihkyt auringossa

ja hymysi enteilee musiikkia

niitä hetkiä joita jaoitte sen kanssa

kauan sitten

nämä olivat niitä hetkiä

aina ennen kuin lähdit suunnattomaan lumisateeseen

vierailla maille

vaikka olemme suuttuneet sinuun

ja tiedät ettei kukaan uskalla olla kauan seurassasi

vaikka näen silmistäsi

olet jo mennyt

älä silti lähde

vaan jää

jää meille

ja kerro meille taas niitä tarinoitasi

syvistä ja oudoista vesistä

ja vaikka me itkemme

lopulta saat meidät nauramaan

hattusi ja kirveesi

virsikirjasi

joulupukin varusteesi

ne ovat kaikki autotallissa vielä

no

laita nyt nämä vaatteet päällesi

senkin hullu

tee mitä vain

mutta

älä lähde pois

Himmennetyt ovet

pari sanaa juhlistamme...

minä ja vaimoni järjestimme taannoin kevätjuhlat

uudessa kolmiossamme

Hakalan kaupunginosassa

kaunis keväinen päivä

vieraat olivat kutsuttu jo aamupäiväksi

klo 12 lähtien

tiedättehän

minä omaan näitä pakkomielteitä

sanoin vaimolleni ideani

jouduimme siis kiistaankin

halusin

kaikki vieraat kokoontuisivat näin:

ensin eteisessämme alkumalja

mahdollinen puheeni

"puhe keväälle" - jota olin jo kuukausia harjoitellut

varsinaiseen kolmioomme pääsi eteisestä

himmennettyjen lasiovien kautta

ja niin

ensimmäisenä saapui Pauli Ahvenainen perheineen

he toivat tuliaisen:

Paulin vaimon Marketan isän pyytämä siika

seuraavana tuli Hans Pettersson

Hans on bussikuski ja hän painaa varmaankin 200kg

oli haasteellista saada sangviinikko pysymään eteisessä aloillaan

kohta ovikello soi ja sisään astui Laakkosen 7- henkinen perhe

tutustuin Anssi Laakkoseen ollessani YK- joukoissa -87

on myönnettävä että hänen ja vaimonsa Kirsin lapsikatras ovat melkoisen

meluisa sakki

Gunnar Railo saapui kilpa-pyörällään

hän pelkäsi hienon pyöränsä varkautta

joten otimme myös pyörän sisään

loppujen lopuksi tajusin

minua vitutti jotenkin koko tilanne

joten panin tupakaksi äkkiä

tämä aiheutti tietenkin riitaa vaimoni ja minun välille

myönnän ääniemme kohonneen melkoisesti

samassa tietenkin koko Laakkosen lapsikatras alkoi itkeä

äkkiä ovesta kaatui sisään Kiiasen veljekset kitaroineen

en usko että heidän tulonsa auttoi tilannetta parempaan suuntaan

eikä nämä Neil Youngin hitit ole jo kuultu niin moneen kertaan?

lisäksi veljeksistä huokui voimakas alkoholin tuoksu

aloimme puhua avioerosta vaimoni kanssa

tunsi kainaloideni hikoavan voimakkaasti

ovikello soi!

Rauli Paananen saapui

suunnattoman kokoinen venäjän kieltä harrastava agnostikko

hän ei perkele väistänyt milliäkään

parkkeerattuaan kattolampun alle

suunnattomassa mustassa parrassaan

hän muistutti Rasputinia

äkkiä hän tarttui minua vyötäisiltä ja veti itseään vasten

mitä saatoin tehdä?

ovikello soi koko ajan ja aina joku vain aukaisi ovea

Paula Saavalainen koirineen

Heikkiset valtavan kukkapuskan kanssa

iäkkäät vanhempani luulivat tulleensa väärään paikkaan

Räikköset

Huolmanit

Matti & Teppo Ruohonen

Esa Metsäkivi & Co

Ahvenaisten tuoma siika jaloissamme

hikeä

itkua

pakokauhu

lopulta olimme tilanteessa jossa kaikki hiljenivät

jokainen eteisessä olija katsoi ylös

tajusin

jokainen miettii anteeksiantoa

Jeesuksen ideologiaa

tähyilin kainosti kohti himmettyjä ovia

himmennettyjä ovia

emme koskaan tulisi menemään niistä

emme tänä keväänä

emmekä seuraavana

entä seuraavana?

himmennettyjen

ovien

läpi

emme

pääse

Lapseni

lapsena

katsoit alas hiekkadyyniä

kädessäsi puinen miekka

aurinko antoi kultaa hiuksiisi

kuuma hiekka tarttui tuuleen

ja nostit kätesi ylös

sinulle oli annettu maailma

vedet

rannat

taivas

kaikki sadut joiden salatuissa joissa

sinä halusit uida

olit jo ehkä katsonut eläimen outoihin silmiin

nähden niissä miljardin vuoden oudot metsät

kätesi oli jo silittänyt lintua

sen törmättyä ikkunaan kevään myrskyissä

olit jo kokenut kissan turkin lämmön

muistatko

kun sinä ja toiset lapset keräännyitte rannalla

katsomaan muurahaisten vaellusta

ja aurinko meni äkkiä piiloon

te nousitte ylös

lähestyvä ukkonen

niin kuin aikuisten kummallinen

tumma maailma

se sai teidät katsomaan toisianne

te katsoitte kuinka päivänkakkara

taipui painavista pisaroista

niin kuin kyyneleesi

silloin kun näit lokin tarttuvan onkeen

ja sinussa särkyi

te vaelsitte valtatien laitaan

kuolema välähteli pienten kehojenne ohi

vaelsitte läpi lehtometsän

hautasitte kuolleen linnunpoikasen

te puhuitte metsässä outoja kieliä

joita aikuiset eivät tunteneet

iltaisin te menitte koteihinne

joillakin teistä oli tähtitaivas katossaan

ja te nukahditte sulkien silmänne

luottaen taas aurinkoon

aamuisiin metsän melodioihin

satuihin

Sulle

juuri kun olit jo luovuttanut

käännyit ympäri

ja näit kuinka rinteen päällä olevasta baarista

käveli ulos mokkatakkinen tyyppi

hän kääri kaulaliinaa kaulaansa

te katsoitte toisianne

laituri jolla seisoit oli sateen jäljiltä

ilma tuoksui syksyn myrskyille

äkkiä muistit kuinka juoksit hautojen yli

nauraen

hiukset letitettyinä

ja odotit koulubussia

kun talvi kuiskasi ensi kerran

ja ymmärsit että asia nimeltä rakkaus

pyörii jossain raivoavan tuulen seassa

mutta ei tavoita sinua vielä

näitä kaikkia sinä mietit

ja menit kotiisi

yöllä keitit teetä

sitten nukuit vielä

aamulla puutarhaasi oli satanut

jättiläistimantteja

planeettoja

kävelit ulos

nostit kätesi korkealle

hivelit niiden pintaa

ne olivat vielä kuumia

matkattuaan niin kauan

ymmärsit

olet rakastunut

Isäni

muistan

kuinka pienet käteni olivatkaan

ymmärsin rajallisuuteni

olin kuin pumpulia

olin kiharaa ja leijailevaa satua

noihin aikoihin vielä yritin nähdä pilvien taakse

yritin ymmärtää taivaan korkeuden

ja saatoin nähdä lumihiutaleen koko matkan

maahan asti

jokin sunnuntai aamu olohuoneen lattialla

löin isääni nyrkeilläni

nipistin

puristin kaulasta

kiersin ihoa

puristin hänen ihoaan vain nähdäkseni rajani

olin olevani Batman

kaikki aseet käytössä

riittäisivätkö voimani

halusin nähdä

saanko ison miehen älähtämään

kaatumaan

murtumaan

käskeekö hän minut lopettamaan?

suuttuuko hän?

raivostuuko hän ja heittää telkkarin ikkunasta?

ähkin ja murisin

minulle tuli kuuma

kevätaurinko paistoi ikkunasta sisään

minä väsyin nujuamiseeni

ainoa minkä oli saanut aikaan

oli hyväntahtoinen hörähdys ja hymy

ei pienintäkään merkkiä kivuista

ärsyyntymisestä

vaivaantuneisuudesta

ymmärsin olevani turvassa

Talven ajatus

äkkiä aloin kaivata kuolemaa

toisessa sukassani oli kantapäässä reikä

sen kautta kaikki kylmä musiikki vuosi sisääni

ja muistin äkkiä

poikani osaa englantia täydellisesti

vaikka hän ei opiskellut sitä

hän kuulee kuinka kärpäset kävelevät

ne harppovat itsetietoisina

onttojen seiniemme välissä

ne odottavat kesää

ja kaikkea ihanaa

lavatansseja

kauniiden naisten ihoja

tyllihameita

öistä usvaa

ja aamun lupauksia

kun rakkaus herää

aina uudelleen ja uudelleen

äkkiä aloin kaivata pois

halusin nähdä jo Sademiehen

toisessa sukassani oli kantapäässä reikä

sen täytyi merkitä jotain

kaikki talvi ympärilläni

hiljensi kaiken

kaikki pysähtyi

kaikki outo kylmä musiikki

kantapäästäni sisään

olen nähnyt enkelin

suden

metsästäjän

punahilkan

mutta sinun kasvosi

heijastuivat vain lammen pinnassa

ja pudotin sen puhelimenkin pohjaan

minun poikani

osaa täydellistä englantia

opettelematta sitä

ja hän kuulee kaiken

kuinka kärpäset huutavat

muistatko muuten

kuinka pudotin sinisen puhelimeni

lammenpohjaan?

vai joko kysyin sitä

tämä talvi

vie meidät

vie

meidät

Älkää te välittäkö hänestä

älkää te välittäkö hänestä

hänellä ei ole täällä sen isompaa tekemistä

hän on täällä vain hetken

periaatteessa hän tekee kaiken oikein

mutta hän ei tiedä miksi tekee

hän on koko elämänsä lapsi

silti karvainen, itsensä myrkyillä saastuttanut

ei koskaan ensimmäinen missään

ei koskaan viimeinen

hän ei koskaan joutunut keskitysleiriin

hän ei joutunut vankilaan

mutta hän sai rannekellon firmalta

palveltuaan 30 vuotta

hän on seissyt takapihoilla tupakalla

hän on ollut ottamassa hörppyjä piilossa

hän on tullut taksilla kotiin

niin humalassa, ettei ole löytänyt ulko-ovea

hän on seissyt takapihalla helteessä

liian pieni puku päällä

sanattomana

lastensa rippijuhlissa

anoppinsa hautajaisissa

kärpästen ahdistellessa häntä

hän mietti tilaavansa myös omat hautajaisensa

mutta sitten hän rakastui

suunnilleen siis samalla taitoasteella

jolla koira yrittää nauraa

ja hän alkoi elää ruusunpunaista unelmaa

häntä kiskottiin takaisin siitä unelmasta

koko suvun voimin

ja se onnistui

hän joi pullon viinaa

ja yritti ajaa sillalta alas Wartburgilla

mutta auto ei mennytkään jään läpi

ja niin

oli aika kammata kalju piiloon

ja soittaa kotiin jostain Kemin korkeudelta

kusen hajuisesta puhelinkopista

älkää te välittäkö hänestä

hän on vain käymässä täällä

mutta käyntinsä aikana

hän syö lihaa viiden hevosen verran

yrittää rakastella tai jopa rakastelee

477 kertaa

ei siis kovin paljon mutta kumminkin

hän juo elämässään alkoholia tankkiautollisen

se menee hänen lävitseen kysymättä mitään

samoin kuin lähimarketista ostettu ruoka

hän kuuluu siis yhteisöön

yhteisö kokoontuu kaupungin viemäriverkostossa

tasaveroisena

hän lisääntyy 3 kertaa

mutta kukaan ei oikeastaan tiedä

mitä hän ajattelee

kukaan ei ehtinyt koskaan kysyä

vuosien tumma nauha

kahvin keitto aamuisin sai hänet masentumaan

tuhannet bensan tankkaukset

minne ne kaikki unet katosivat?

ne unet joissa hän oli merkityksellinen

ainoa jollekin

ne unet joissa hän katsoi leppäkertun kokoisena kukkia

ja nousi ylös katsomaan kaikkia rantoja

koko elämänsä ajan hän näki ikuisia asioita

jotka eivät olleetkaan ikuisia

tämän tajuttuaan hän pisti tupakaksi

ja meni seisomaan vuotavan räystään alle

sitten hän kuoli

Tanssivat ihmiset

tanssija

jos valitsisin uudelleen

lähtisin alusta

haluaisin tanssijaksi

mielestäni tanssijat soittavat hyvin

he ovat itse instrumentteja

kaikenlainen rakastelu heidän kanssaan

on arvatenkin salaperäistä

ja se voi tapahtua vaikkapa Eiffel-tornissa

Pariisissa

syksyllä

silloin kun tummentuneet lehdet tekevät spiraalin

ja tuntematon ihminen onkin oma

ikuisuudesta sukeltanut

sillä hetkellä

kaupungin valot syttyvät

ja tulet muistamaan ikuisesti

kun yrititte sano toisillenne jotain

mutta äänenne hukkuivat lentokoneen ääneen

sitten hetki olikin jo ohi

jotkut tanssivat vartalollaan

jotkut tanssivat sanoillaan

jotkut tanssivat hiuksillaan

on olemassa hurjia tansseja

niitä tanssitaan silmillä

myös silloin

kun kaikki päättyy

luulisin että parhailla tanssijoilla

heillä saattaa olla hassut vaatteet

ja he ovat hiljaisia

he uskaltavat kulkea yksin

kuka sen tietää minne he menevät?

olen kuullut

jotkut tanssijat kantavat veistä

he matkustavat outoihin kaupunkeihin

he eivät näytä kaikkia arpiaan

juuri he istuvat öisessä junassa

katsellen tummuuteen

yli peltojen

kun he saapuvat perille

he menevät outoihin kortteleihin

pimeille kujille

sellaisia ovat tanssijat

Ystäväni Matti

ainoa ystäväni lapsena

oli hörökorvainen

isonenäinen Matti

hän oli albiino

ja nenä oli kuin banaani

näennäisen laiha olemus hämäsi

hän pystyi juoksemaan todella lujaa

kukaan ei saanut häntä kiinni hipassa

tämä siksi

koska hän osasi juosta kuin jänis

tehdä äkkipysäyksiä

vaihtaa suuntaa

ja hänen jalkansa olivat voimakkaat

koulun juoksukilpailut hän voitti

hänen aivoissaan oli jotain erikoista

hän ei oppinut mitään

tai

häntä ei voinut opettaa

häntä ei kiinnostanut

hän vain katseli ovelana ympärilleen

ja pahinkaan opettajan huutaminen

nolaaminen tai raivo

ei vaikuttanut häneen

kusipäinen opettajamme

Himmlerin näköinen siilitukka

vihasi Mattia

koska:

kerrankin koulujen välisissä hiihtokilpailuissa

Matti oli ankkuri

joukkueemme johti ylivoimaisesti

muta 10 metriä ennen maalia

Matti pysähtyi

niisti ison nenänsä

ja alkoi sitoa rauhallisesti monon nauhoja

kaikki menivät ohi

koulumme menetti voiton Matin myötä

minä ja veljeni

me saimme yhden jäätelön puoliksi

kerran viikossa

Matti vei meidät kerran myymälä-autolle

ostimme sitä viikko -jätskiämme

Matti vartoili katsellen hyllyjä

näin vain että välillä hän katsoi ylemmäksi

joskus hän kumartui ja väisteli paksuperseitä

kauppa-auton viileydestä siitä sitten

riihen taakse

Matti alkoi vuotaa tavaraa nurmelle

hän oli varastanut valtaan määrän tavaraa

molemmista hihoista tippui suklaapatukoita

neljä jäätelöä

vyön alta tuli kaksi karkkipussia

lahkeista tuli erialaisia lakritsapötköjä

Pätkiksiä Suffeleita DaCapoja

vieläpä muutama pullo limsaa

kaiken tämän saalin hän halusi jakaa kanssamme

meidän nössöjen

emme uskaltaneet aluksi

muta houkutus oli liian suuri

jaoimme sen mitä Matti meille antoi

Matti istui usein äitinsä sylissä

vaikka he olivat yhtä pitkiä

hän oli äitinsä silmäterä

lievästi kierot silmät

se valtava nenä punoittaen useasti

 muistan kun hän sanoi minulle:

"Harry, siun pitää muistaa—

..on vahvistettava vasenta kättä

koskaan ei voi tietää

mitä maailmassa tapahtuu"

ja minä vahvistin

nyrkkeillessä se oli paras aseeni

ja ihan harrastuksen vuoksi

nostan kahvikuppia sillä vieläkin

vasen käteni toimii paremmin kuin oikea

kuulin että Matti on kuollut äskettäin

hänen majassaan oli seitsemän lukkoa ovessa

ja se maja sijaitsi pitkän tien päässä

metsässä

All you need is love

ota se

rakkaus

mutta nylje itsestäsi

ja rakkaastasi iho pois

tanssikaa sitten verisinä

kuolleessa

suljetussa vanhassa koulussa

juhlasalin näyttämöllä

niiden kynttilöiden valossa

joita kaivoitte repuistanne

tiedätkö

parhaat tanssit syntyvät niin

että säännöt opitaan

vasta itse ensi- illan jälkeen

jos pyyhkäiset kasvoiltasi hiussuortuvan

se on jo tanssia

mutta kuten tiedämme

kun olette tässä näytöksessä ylittäneet itsenne

kun olette menneet käsityskyvyn tuolle puolelle

kun olette repineet toisiltanne silmät

kun olette pistelleet toistenne valtimot riekaleiksi

kun ei enää ole sanoja

kun ei ole enää yhtään sanaa

vasta sitten tiedätte

tämä näytelmä on näytelty

tämä tanssi on tanssittu

ja vaikka onnistuitte

te jäätte makaamaan verisinä näyttämölle

esitys jää uniikiksi

ja katsojille jää vain

suljetut ovet

tyhjät ikkunat

vaikka tanssi oli

kuolettavan

kaunis

Mietteeni huoltoasemalta VOL 1

huoltoasema

kuin majakka pimeydessä

pysäytän auton

kävelen kohti ovea

mietin

me emme ole vanhoja

me olemme paljon vuosia keränneitä lapsia

ihmisten halu koskettaa toisiaan

on valtava voima

luulisin että meillä on

miljardeja elektronisia pisteitä kehoissamme

kuin tähtiä taivaalla

niiden pisteiden kautta voimme saada yhteyden toiseen

ja planeetat reagoivat

maailmoja syntyy

maailmoja loppuu

triljoonittain yhdyskuntia

ne käyvät yhden suhteen aikana läpi kehityskausia

ja joskus

kerran miljardissa vuodessa

joku ymmärtää meitä

ja häntä luullaan Jumalaksi

katson tiskin tarjontaa

huonohampainen huoltoaseman myyjä

hän suosittelee minulle lihistä

hän puhuu paljon

pidän hänestä

paikallisen yrittäjän herkku

nyt jo vähän yliajalla hyllyssä

välissä on kaksi nakkia

koko komeus lähtisi kahdella eurolla

sanon "okei"

hänen suuresti mainostamansa kurkkusalaatti onkin lopussa

silti hän kaivaa sitä innokkaasti purkista likaisella lusikalla

puhuen koko ajan

hän kertoo minulle iltapalan olevan lähes yhtä tärkeä

kuin aamupala

yleensäkin tämä kaveri

"saattelee" kaiken myymänsä

jos ostan kaljaa

"sillä se ilo irtoo, pitäähän muutama huurteinen ottaa"

jos ostan bensaa

"paljoks saappi vie viehä se hitosti"

jos ostan leivän

"leipä se tiellä pittää!!"

kaikki jumalattoman kovalla äänellä

vaikka hän on hyväntahtoinen

hyvä ihminen

en osta täältä koskaan vessapaperia

hän touhuaa kiihkeästi lihiksen kanssa

toinen nakki tipahtaa lattialle

hän sanoo että se ei haittaa mitään

heittää sen takaisin väliin

lattiat ovat tänään putsattu

hän puhuu koko ajan

sinappi on loppu

mutta hän sanoo lisäävänsä vettä joukkoon

kuulemma ajaa saman asian

ei ole kyllä ketsuppiakaan

lopulta hän kysyy:

"kuumennetaanko kunnolla vai vähän vai säikäytetään?"

silloin meille tulee hiljainen hetki

minä alan miettiä

tein kauan sitten laulun jonka sanat menivät näin:

"Kuuta juhlitaan, me mennään sitä katsomaan

sä vanha merenneito

minä fosforinen luuranko

taikaviitta kapuaa

boolimaljaan tipahtaa

ja me tanssittiin sen minkä osattiin

me kaksi väsynyttä kulkijaa

sä tanssit valssia

mä tanssin tangoa

meistä vienyt ei kumpikaan

mä pidin tiukempaan

kuu hohti lattiaan

bändi paahtoi tunnelmaa

sä tanssit tangoa

mä tanssin valssia

kaikki alkoi kimaltaa"

-"vähän vaan säikäytetään hei", vastaan

vien lihiksen pöytään

koko huoltoasema kimaltaa silmissäni

mietin triljoonia ja taas triljoonia

hermopisteitä ihmisen iholla

kuinka kaunista se onkaan

kun ensin omaat oman suvereniteettisi kehoosi

sitten kohtaat jonkun

ja hän on siis vieras sinulle

mutta hänestä tulee kanssasi yhtä

kun hänen korvavaikkunsakin on sinulle tärkeää

kylläpä maailma on kaunis

myyjäkin näyttä aivan Liberacelta nyt

loppujen lopuksi koko tämä lihis on toisarvoinen

triljoonia tähtiä

triljoonia rakkauksia

triljoona joulua

mitä minun pitikään ajatella

mitä minun pitikään tehdä

Ylivoimaista taaskin

uusi työpaikka vaikutti jotenkin hajanaiselta

esimiehen nimi oli Ravattinen

paksut huulet

väsynyt keski-ikä

Boston-lakki

"tää on se siun tontti nyt"

me seisoimme Saimaan rannalla

edessämme oli valtava järven selkä

lähes merinäköala

"nää vedet siis pitäs siirtää johonki parempaa paikkaa"

en ollut uskoa korviani

minä, kasvatustieteen maisteri

olin ajautunut tällaiseen työhön nyt

kaikesta saattoi syyttää kiinalaisia

he olivat ostaneet nämä rannat

heillä oli järjettömän kokoinen visio

kuulemma myös laitteet

homma voitaisiin toteuttaa

"nää vedet tästä perkele"

"kaikki pois"

osa muutettaisin vedyksi

ja laitettaisiin uusien automallien tankkeihin

...siis seuraavina satana vuotena

loput padottaisiin, uomitettaisin

ohjattasiin jonkin kaupungin osan päälle

ehdotin äkkiseltään länsi-aluetta

"se päätetää myöhemmi"

miten olinkaan ajautunut tähän pestiin?

no, kansainvälisiä pokeri-porukoita

väärennettyä tutkintoa

se on niin pitkä juttu että tässä en selvitä!

aloin miettiä

mitä kaikkea tyhjennetystä Saimaasta voi löytyä

ammottava järven pohja

kraateri jossa syvin kohta jopa 82 metriä

814 km syväväyliä

aloin tajuta: halusin tästä hommasta eroon!

-"tää on valtava menetys näille ihmisille.."

-"siitä myö kuule vitut välitetään"

Ravattinen sylkäisi vastauksen suustaan

vieläpä tyrkkäsi käsillään samalla rintaani

näin raivon hänen silmistään

äkkiä keksin:"kuunteleppa kuinka käki kukkuu!"

Ravattinen pysähtyi ja alkoi kääntyillä

hän käänsi paksun niskansa kohti minua

tiukka tuijotus kohti tuijotti metsän laitaa

"käki on kuules, kuules, harvinainen lintu"

silloin näin tilaisuuteni tulleen:

pakenin rannalta

ei näin kauheaa työtehtävää voi ottaa

ylivoimaiseksi se kävisi kenelle vain

jossain oli annettu australialaiselle miehelle tehtävä:

"laske maailman merien litramäärä"

mies oli yrittänyt ja yrittänyt

lukuisia laskukoneita oli räjähtänyt

mies vietiin pois

hän käveli enää ainoastaan takaperin

juostessani todella pitkillä loikilla kohti kaupunkia

mietin mitä kaikkea voi tyhjästä järven uomasta löytyä

ei ole todennäköistä

että esim. autoja kovin paljoa

toisaalta, ajelevathan ihmiset jäällä

joskus jää pettää

ja tragedioita syntyy

"isä ja poika jäivät loukkoon yritettyään narrata ahvenia"

ja niin edelleen

luultavasti pohjaa ruodittaessa löytyisi merenneitoja

kuolleita merenneitoja

silmät smaragdisina tuijottaen

he tuijottaisivat löytäjiään

kuolleina kuin jää

ehkä joillakin heistä

rinnat vielä kohoilisivat

juostessani kohti kaupunkia

mietin tv-ohjelmien tarjontaa

pelkkää paskaa nykyisin

hetken ajan päässäni pyöri outo juttu:

Sielu Veljien konsertti

jossain festareilla

muistin basistin jääkiekkokypärän

keskellä noitamaista angsti -musiikkia

keltainen Jofa

outoa

se loi kaikelle kertoimen

en yleensä käynyt festareilla

mutta kun "Rakkaudesta" soi

seisoin silloin keskellä ihmismerta

vihreää ihmismerta

ja toivoin aaltojen murskaavan minut

olin siihen valmis

vaikka en edes pitänyt bändistä

Kun

kun olin lopulta maksanut Nordealle kaksi miljoonaa

...siis talosta jossa harvoin kävin

kun olin opetellut karaokessa kaikki Tom Jonesin biisit

kun olin bodannut

kun olin ruskettanut itseäni

kun olin tehnyt lukuisia matkoja ulkomaille edustusluokassa

kun olin puhunut 27 puhelinta puhki

kun oli saanut paljon rahaa

kun olin mennyt konkurssiin

kun olin kasvattanut kolme omaa lasta

kun olin tehnyt kolmen muun naisen kanssa neljä lasta

kun olin ollut kaksi kertaa rakastunut

kun olin pitänyt seitsemää rakastajatarta

kun olin esittänyt joulupukkia kaikkina jouluina

kun olin ajautunut uhkapeleihin

kun olin tullut uskoon

kun olin vaihtanut vaimoa

kun olin herännyt metsästä ilman vaatteita

kun olin menettänyt kykyni tuntea mitään

kun pallini olivat paisuneet potkupalloiksi

kun olin löytänyt Saatanan komerostani

kun olin ajanut autolla neljä miljoonaa kilometriä

kun olin tavannut Kari Peitsamon

kun olin ollut pidätettynä ammuskelusta

kun olin lihonut

kun olin laihtunut

nyt istun sinun kesämökilläsi

koen oloni jokseenkin väsyneeksi

kuivahtaneeksi

perkele

olen jokseenkin loppuun kulunut

Pyöräily parantaa

jossain vaiheessa innostuin pyöräilystä

siis äärettömästi

mutta ensin on kerrottava:

noihin aikoihin käytin alkoholia yli kaikkien normien

ja kävi niin

kuulkaapas:

eräs hiussuortuvani ei ottanut asettuakseen

hetki hetkeltä tunsin sen kutittavan nenän seutuani

otsaani

huuliani

silmäluomiani

jopa kieltäni

suhteellisen pitkinä pitämäni silmäripseni kärsivät

tapasin itseni raapimasta kasvojani

lopulta päällimmäinen kerros ihostani

se alkoi kuoriutua melko arrogantilla tavalla

en voinut enää mennä Pietiläisen nakkikioskille

naamani näytti pelottavalle

niinpä sulkeuduin

en tullut huoneestani ulos kuukausiin

raavin vain tapetteja seinästä

pahimpaan nälkääni tein tapetista puuroa

ja kaksi tuntematonta

pientä miestä

tulivat tupakoimaan olohuoneeseeni joka ilta

aloin olla kauhun lamaannuttama

siinä vaiheessa soitin sinulle

muistatko

annoit vihjeen polkupyörästä

Viktoria Verke vm-69

koska tunnistan olevani pakkomielteinen

aloin pyöräillä liikaakin

Viktoria Verke vei minut seikkailuihin

retkeni pitenivät

aluksi pyöräilin maakunnassa

sitten jopa Uusimaa tuli tutuksi

Iisalmessa kävin kahvilla

poljin aina pääväylillä

bitumi hampaissani

poljin rekkojen imussa

äkkiä keksin soittaa Kajaanista exälleni

ikävä häneen vaikutti kaikkeen

tämä oli vielä puhelinkoppien aikaa

ja se puhelu sai minut masentumaan

hän oli uninen

halveksiva

"en voi auttaa sinua saatanan idiootti"

kun olin kahden vuorokauden päästä

siis takaisin Lappeenrannassa

poljin vielä Vehkataipaleelle

ja paiskasin Viktoria Verken soramonttuun

sen jälkeen en ole pyöräillyt

en tiedä oliko tämä kertomus kertomisen arvoinen

mutta äskettäin

vuosikymmenten jälkeen

kun menin mustikkametsälle nyt jo tasaantuneena

törmäsin Viktoria Verkeen

muuten ajattelen metsässä olosta

kaikki yrtit

puiden tuoksu

sammaleen taika

jotkin oudot tuulet

päässäni pyörivät turbiinit

parantavat

Kartta niskassa

ihailin bussinkuljettajan niskaa

tälläsin itseni yleensä aina kuskin taakse niin

että saatoin nähdä mittarit

maagisia valoja kojelaudan omaisessa pulkassa

etenkin hämärällä tai pimeällä ne lumosivat

vihreää lilaa, keltaista, joskus harvoin punaista

kuskien niskat olivat mielenkiintoisia

joissakin niskoissa oli makkarat

syvät uurteet

virallinen vaaleansinisen paita

tummansininen virkapuku

joillain kuskeilla oli ruutuinen niska

kesän kuumuudessa marinoitunut ruskea iho

ihopoimut jotenkin ristissä muodostaen ruudukon

tuijotin uurteita

toivoin niin saavani joskus aikuisena tuollaisen niskan

bussikuski oli jumala

hän vastasi kaikkien matkustajien hengestä

valtava bussi suurine renkaineen

voima kuljetti meitä ihmisiä

pieniin koteihimme tai kaupunkiin

läpi mutkaisen ja vaarallisen reitin

silloinkin, kun keltaisia lehtiä ryöppysi

tai kun lumi uhkasi sulkea reitin

moottori jyrisi kuomun alla hehkuen kuumuuttaan

eri kuskeilla oli erolaiset ajotavat

oli eräs vaalea hörökorva jonka ajotyyli oli kulmikas ja raaka

bussi saattoi jarruttaa tai kiihdyttää epäjohdonmukaisesti

joskus löin pääni edellisen penkin selkänojaan hänen kyydissään ei
toiminut mikään

sitten oli lyhyt tumma kuski

hän äityi ajoittain raivoisaan menoon täysin yllättäen

bussi meni lähes sivuluistossa joskus

mutta ajoittain hän vaipui tylsään uneliaisuuteen

ajo tuntui merkityksettömälle seilaamiselle

oli myös eräs

jolle sukumme naiset

siis keiden kanssa matkustelin

osoittivat puheissaan suunnatonta ihailua

ihastuksen kaltaista sympatiaa

hän oli Kuningas

käsittääkseni hän eli kuten ajoi bussia

voimakkaasti

sulavasti ja itsevarmasti hymyillen

koko valtava linja-auto muuttui hänen ajossaan eläimeksi

kesytetyksi pedoksi

myöhemmin olen tulkinnut asian seksuaaliseksi voimaksi

haaveilin itsekin tulevani joskus Kuninkaaksi

hampaani välkkyisivät samoin kuin hänellä

ajaessani kiitävällä nopeudella läpi syksyisen patotien

bussi täynnä kauniita naisia

mielikuvitukseni lisäsi vielä efektejä

minua ja bussissa olevaa naislaumaa

ajaisi takaa joku hörökorvainen rosvo

jolle minä

ja bussi numero 89

näyttäisimme närhen munat

perillä jokainen bussista ulos kävelevä nainen

suutelisi minua, kuljettajaansa

intohimoisesti ja pitkään

naamani huulipunassa olisin oma itseni

silti poistuisin hyvillä mielin vuoron päätyttyä kotiini

lihaksikkaana ja ruskettuneena

ja veisin tietenkin perheelleni

koko loistavan palkkani

saisin siis ylimääräistä

koska olin sankari kuski

ja bussini numero

oli

89

Eräs ilta

kesä

ukkosen kaukainen jyly

kun kävelin rannasta kotiin

linnut olivat hiljaa

suuria kuumia pisaroita alkoi takoa asfalttiin

nauroin hiljaa

höyryävä asfaltti savukoneena

tässä biisissä

bitumin tuoksussa oli maailman kaiku

kaikki ne tiet joita tulisin ajamaan

kaikkien tulevien hiusten tuoksu

ukkosen ärjyessä

salamoiden loisteessa vaelsin silti kotiini

mäen alle

tyhjään taloon

kaaduin sängylle

aukaisin radion

kuumasta sateesta märkänä kuuntelin kuunnelmaa

matala miesääni kertoi tarinaa rakkaudesta

vuoropuheluiden kautta tein kuvia päähäni roolihenkilöistä

kuunnelma kietoi minut täysin maailmaansa

salama

kallio repesi

luulin että talomme kaatuu

virrat menivät poikki

kävelin keittiöön

kaasuliedellä keitin kahvia

pisarat kropastani jo kuivuneena

mietin laulua

kaksoislasin takimmaisen kuvan heijastaessa kasvojani

kuva hymyili

vaikka tiesin olevani totinen

yksin

Peto

yksinäisyyteni täytti joskus kesän

päivät kimalsivat

kuten läheinen järvi jossa sukelsin

yksin

tie jolla kävelin sateen jälkeen

kuumalla asfaltilla pisaroiden kimpoillessa

yksin

katsoin ikkunastani metsään yöllä

yksin

metsän miljoonat tuoksut

äänet joita en tunnistanut

purot jotka kasvoivat lähes koskiksi

outoja eläinten ulosteita

tassujen ja sorkkien painautumia

joskus joku puu oli raadeltu sarvilla tai kynsillä

verisiä sulkia

luita

kaikki tuo oli valtavien kuusien suojassa

niiden hiljaisen hyväksynnän alla

pieni tumma talomme nukkui tuon metsän laidassa

erään heinäkuisen aamukasteen aikaan

aloin miettiä

ansaa

häkkiä

jonne vangitsisin jonkin pedon metsästä

jonkin tuntemattoman voimakkaan eläimen

pedosta tulisi liittolaiseni

asia kiehtoi ja pelotti

en tiennyt mitä eläimiä metsässä saattoi olla

vaivihkaa kyselin isältäni tätä

vastaukseksi sain kuulla

asioita supikoirista ja ketuista

mäyristä

olin silti vakuuttunut

minun ansaani menisi jokin outo peto

voimakkaampi kuin mikään

muille hallitsematon

mutta minulle lopulta uskollinen liittolainen

syötti oli ongelma

kuulin ja otin selvää

tarvittaisiin haaska

jokin kuollut eläin

tätä en saattanut ratkaista millään

joskus tiellä saattoi olla jäniksiä ja siilejä

mutta jo niidenkin kerääminen olisi kuvottavaa

lopulta pakkomielteisyyteni vei minut taas outouteen

aloin vakuuttua, että olisin itse syötti

ajatus oli riipivä

kammottava mutta niin kiehtova

minä häkissä tai montussa

kuiskaavan pimeässä metsässä

minä odottamassa ystävääni

petoa

ihmiset eivät tietäisi suhteestamme

vain tarpeen tullen ottaisin pedon esiin

mukaani

suojelemaan ja kostamaan

en tajunnut vielä

että kaikki pedot olivat jo ympärilläni:

aika

todennäköisyys

matematiikka

kaikki se aikuisten maailma

jonka rinnalla tuo metsäni

näyttäytyisi vielä

valon ja kauneuden keitaana

en silloin löytänyt häkkiä

tarpeeksi vahvoja kaltereita

en jaksanut kaivaa tarpeeksi syvää monttua

vasta aikuisena tein molemmat

kaivoin montun

löysin häkin jonne mieleni joutui

tapasin pedon

en kesyttänyt sitä

tulen toimeen sen kanssa

Vain runonen

jonkinlaisen ajanlaskun alussa

keväisen auringon vilkkuessa lehmusten lomista

minä pamppailin jokseenkin nauraen alas rantatietä

silloin tuuli oli kuin hullu tyttö

sellainen tyttö jolla oli samanlainen sadetakki

ja haisaappaat

kuin minulla

lukio oli ohi

armeija odotti

kuka sen tietää mitä siinä naureksin

yleensähän en tiennyt minkä ilmeen valitsisin naamalleni

ilme saattoi vaihtua yhden bussimatkan aina

ehkä viisikymmentä kertaa

minulla oli pari määräävää pakkomiellettä

toinen liittyi fraasiin: "näinikkästeen"

Tommi, tomera jo aikuistunut serkkupoikani

hän käytti tätä fraasia

hän oli rakennustyöläinen

karkeakätinen ja voimakas

"näinikkästeen, mie käin jo kaupassa"

koin velvollisuudekseni käyttää tätä sanaa

mutta en voinut

se kuulosti liian juntilta

en halunnut olla mikään maalainen

silti koin siitä painetta

maistelin tuota "näinikkästeen"- sanaa

katsoin peilin ääressä huuliani:

n ä i n i k k ä s t e e n

katsoin peilistä itseäni

en tiennyt

olenko äärettömän ruma

vai olenko siis kaunis?

nämä asiat kuului oletettavasti samaan kategoriaan

kuin se että puristin vasemman silmäni mykiötä

lievästi koholle

aivan aavistuksen verran

sen verran että se naksahti

tuottaen silmääni vetisen tunteen

tämä oli tehtävä aina jonkin ongelman ratkettua

tai jonkin äänettömän käskyn saavutettua mieleni

tällä oli Jumalan kanssa jotain tekemistä

tiedostin syntieni taakan tuolloin

toinen määräävä pakkomielteeni oli jo arveluttavampi

läpi lapsuuteni olin kuullut sukulaisiltani fraaseja:

"se kolkattiin puistossa"

"ei kai sitä vaan ole kolkattu"

"tuo on varmasti joku kolkkaaja"

todistettavasti kukaan lähipiirissäni

ei kolkannut ihmisiä

puheet olivat kadun puhetta

tutuista ja tiedetyistä

perittyjä otaksumia ja fobioita

silti minä

puhdas kuin Saimaasta noussut kuutti

siinä valkeassa villapaidassani ja Ecco kengissäni

naureksin jotain päätöntä

niin kuin ääliö siis

saatanan mäntti

minä kannoin mielessäni pakkomielistä tarvetta

"kolkata" joku onneton

ehkä puistossa

ehkä jossain porttikongissa

en ollut miettinyt asiaa sen pidemmälle

"kolkkaaminen" - siis lyödä takaraivoon

tylpällä esineellä

asiaan kuului tietenkin ryöstö

rahojen vienti

pakeneminen

voin kertoa

paine tähän tuntui vain kasvavan

silti kuilu itse tekoon

varsinaiseen toimintaan

se oli kohtuuttoman suuri

ahdistuin tästä

en missään nimessä ollut väkivaltainen

kuuluin heihin

jotka kuljettavat kärpäset ikkunan ääreen

ollen tappamatta niitä

siksi juuri ristiriita repi minua

saatoin maleksia kaupungilla

työttömänä ja toimettomana

joskus kävelin ihmisten perässä

vain nähdäkseni minne he menevät

en tiennyt rooliani

näin kaikessa matemaattisen janan

äärettömästä äärettömään

rumuudesta kauneuteen

pahuudesta hyvyyteen

en jumalauta tiennyt missä kohden itse olen

luojan kiitos pysyttelin melko keskellä

joskus menin kahvilan tiskille

naama punoittaen kysyin toista pullaa

roikale kysyi pullaa

ja naksautti silmänsä mykiötä

vasta joskus kymmenen vuotta noista ajoista

jollakin huoltoasemalla

prätkäreissulla kohti Turkua

kauhistuin

koko pakkomielteisyyteni kaatui äkkiä päälleni

mietin tarkemmin noita asioita

Kävelin Liljendalin Shellin taakse ja itkin

sitten oksensin

ymmärsin kaiken

kävelin prätkälleni

 ja ajoin tieheni

näinikkästeen!

Puhelu

muistan ensimmäisen puheluni

maailmankaikkeuteen

kyselin kaikenlaista

mutta sieltä vastattiin

"aivokeskukseni ei vielä tarpeeksi kehittynyt"

ja "fyysiset ulottuvuudetkin ovat vielä niin ja näin"

"osaan kysymyksistänne vaikea antaa

eksaktia vastausta"

kuitenkin jumalainen hyväntahtoisuus

huokui luurista

pehmeä voima

kikatus

nauroimme kauan puhelimessa

katsoin kaikkia perhosia

kimaltelevia ja laulavia

niitä lensi ikkunan täydeltä sisään

silloin opin laulamaan itsekin

olin niin täynnä onnea

että huomasin siristeleväni silmiäni

en olisi halunnut lopettaa puhelua koskaan

toivon että yhteys kauttaan

ulottuu vielä yli linnunratojen

ai niin

kun kysyin maailmankaikkeudesta

tulevaisuudestani

seurasi pitkähkö tauko sen verran kerrottiin

että vaikeuksia kyllä on

mutta joskus vielä olet onnellinen

Junassa

istun junassa

pimeys ikkunassa

äkkiä tajuan

jos kuolemalle pitäisi antaa hahmo

se olisi viereisiä kiskoja pitkin tuleva juna

äkillisesti

vailla kasvoja

häviävän hetken sen jyrinää voisi aistia

muutaman metrin päässä

tunnoton murskaava voima

kaiken edestään hävittävä

ihmiset ovat niin kauan odottaneet vapahtavaa isää

lempeää valoisaa auttajaa

Lemmyä ruukkukasvi päässä

valomiekkaa joka päästää taivaaseen

valo-Jeesusta

ei hän tule

ei tule

ei

menisinkö minä hänen polvelleen?

sopertelisin Jack Daniels pulloni kanssa

sitten yleisö vaatisi minua palaamaan ruotuun

alas siitä polvelta rutka!

mutta nyt me typerät ihmiset

me istumme tässä vaunussa juroina

rumina ja huolestuneina

meissä on hilsettä

meidän vatsamme ovat sekaisin

meidän poskipäämme punoittavat

nuoret ja kauniitkin meistä

vanhenevat ja menettävät kielensä

katkenneita verisuonia

meidän maksamme ja munuaisemme

ne ovat turvonneet ja tykyttävät hätäisesti

me emme voi vaikuttaa korkotasoon

parlamentaarinen sopu

4% bkt:sta

auttaako se

ei se auta

investointihalukkuuteni suhteessa sinuun

on kuten vasemmistoliiton lempivero

tunteeni ovat kärsineet miljarditolkulla

alijäämä on 900 miljoonaa euroa

auttaako siinä edes tämä suklaarasia?

onneksi en mennyt ravintolavaunuun

katson itseäni pimeästä ikkunasta

kuolema humahtaa ohitseni taas

Lainalaisuus

on olemassa eräs lainalaisuus

kun toinen haluaakin lähteä

silloin hän muuttuu äkkiä kauniimmaksi

ja nousee jotenkin ylös

jätettävä taas muuttuu pieneksi

anovaksi

harmaaksi

kävi kuitenkin niin

että eräs ketä jätettiin

sanoikin:

"päästän sinut, olen onnellinen puolestasi"

ja äkkiä hän aidosti olikin

silloin jättäjä laittoi aurinkolasit päähänsä

mennen äärettömän neuvottomaksi

hän kadotti voimansa

ja äkkiä he olivatkin taas yhtä

käsi kädessä he vaelsivat metsään

he löysivät pienen kristallisen puron

he löysivät timantteja

jotkut timanteista olivat sammaleen päällä

toiset taas puun kasteisillä lehdillä

he tekivät pienen yhteisen kaarnaveneen

he lastasivat sen niillä timanteilla

sitten he katsoivat kuinka heidän sielunsa purjehtivat

tuo kaarnavene ui ensin hitaasti

sitten se meni pienen kosken yli

he katsoivat kuinka se katosi

ja he kuulivat jonkin oudon laulun siinä metsässä

aamu

Parturi

istumme saunassa aikuisen poikani kanssa

"pitäs saaha tää tukka helevettii"

 meinaatko mennä parturiin, sanon

 "en"

"aja sie se pois"

häkellyn

en ole ajanut ihmisiltä tukkaa pois

silti

saunan kuumuus

hiljaisuus joka tulee meistä

tukanleikkuukone on punainen

siinä on patterit vähissä

silti alan vain ajaa

kauniita pehmeitä kiharoita putoilee

niin kuin syksyisiä lehtiä

kone stoppaa

akku loppuu

poikani on kuin angorakani

maailman tuulet patiolla

hän puolikkaassa tukassaan

pelkään

jäämmekö tähän

kuten äitinsä kanssa

sanomalehtien riekaleet meitä pilkkaamassa

tässä syksyssä

pyyhekin on mustunut

grilliottimet pitkin nurmea

kone alkaa toimia silti

hiukset vähenevät

pääsen surraamaan millin pituutta

kone menee liukuen yli päänahan

laitan sormeni poikani päänahkaan

ja tajuan

en ole koskenut häneen

kahteenkymmeneen vuoteen fyysisesti

sormieni läpi koen hänet taas

pään kohinan

sormieni hermot

palauttavat kaiken

äkkiä

muistan tämän pään

kun hän potkuhousuissaan

kiipesi viereeni

työpäivän jälkeen

kun olin äreä typerys

maailmasta väsynyt asuntovelallinen

isä

sormeni menevät pitkin poikani päätä

jokainen kuhmu

jokainen uurre

tuoksu

lämpö

kaikki tulee takaisin

siihen aikaan

kun vedin häntä sinisessä pulkassa

pikku lenkillämme

hän laittoi pienen sormensa kohti tähteä

ja sanoi : "pim"

en voi ottaa häntä syliini

hän on kokoiseni

hän on kaunis

kuin muinainen faarao

tummine silmineen

kaljunsa kanssa

on syksy

alkaa tuulla

pyyhe karkaa

juoksen sen kiinni

tuo pirttipöytä on maalattava

nurmikko kasvoi lopulta liian pitkäksi

miksi keltaisia lehtiä on näin paljon

miksi tuuli riepottelee meitä